BIBLIOTECA
MARCHA CRIANÇA

ANTONIETA DIAS DE MORAES

AONDE VAI, SERELEPE?

ILUSTRAÇÕES
LENINHA LACERDA

editora scipione

Esta edição possui o mesmo texto ficcional das edições anteriores.
Este livro foi originalmente publicado na Série Tutu-marambá, da Editora Scipione.

Aonde vai, Serelepe?

Gerência editorial Kandy Saraiva
Edição Flávia Andrade Zambon

Gerência de produção editorial Ricardo de Gan Braga
Arte
Narjara Lara (coord.), Thatiana Kalaes (assist.)
Projeto gráfico Gláucia Correa Koller, Soraia Scarpa (adaptação)
Revisão
Hélia de Jesus Gonsaga (ger.)
Iconografia
Sílvio Kligin (superv.), Cesar Wolf e Fernanda Crevin (tratamento de imagem)

CIP-BRASIL. CATALOGAÇÃO NA FONTE
SINDICATO NACIONAL DOS EDITORES DE LIVROS, RJ

M818a

Moraes, Antonieta Dias de
Aonde vai, serelepe? / Antonieta Dias de Moraes ; ilustração Leninha Lacerda. – [2. ed.]. – São Paulo : Scipione, 2016.
24 p. : il. (Biblioteca marcha criança)

Apêndice
ISBN 978-85-474-0011-8

1. Ficção infantojuvenil brasileira. I. Lacerda, Leninha. II. Título. III. Série.

16-36478 CDD: 028.5
CDU: 087.5

Código da obra CL 739993
CAE 612701

2018
2ª edição
4ª impressão
Impressão e acabamento: Vox Gráfica

editora scipione

Direitos desta edição cedidos à Editora Scipione S.A., 2017
Avenida das Nações Unidas, 7221
Pinheiros – São Paulo – SP – CEP 05425-902
Tel.: 4003-3061 / atendimento@aticascipione.com.br
www.aticascipione.com.br

CERTO DIA, SERELEPE SAIU DE CASA E NÃO VOLTOU. FOI UM CORRE-CORRE. O PAI DISPAROU POR UM LADO À PROCURA DELE, E A MÃE PELO OUTRO, MAS NÃO O ENCONTRARAM.

SERELEPE FORA APANHAR FRUTINHAS SECAS. AO VER ADIANTE OUTRO PÉ MAIS CARREGADO, ANDOU ATÉ LÁ. NA VOLTA, ENCONTROU UM QUATI.

— AONDE VAI, SERELEPE?

— VOU PARA CASA.

— NÃO VÁ AGORA, ESPERE UM POUCO... VOCÊ JÁ VIU DUAS COBRAS, UMA ENGOLINDO A OUTRA?

SERELEPE NUNCA TINHA VISTO. QUATI CONVIDOU-O A IR EM SUA COMPANHIA.

ERA PERTINHO. SERELEPE FOI.

BEM QUE ERA ENGRAÇADO, SÓ QUE NÃO ACABAVA MAIS. FICARAM VENDO AS COBRAS, UMA ENGOLINDO A OUTRA, UMA ENGOLINDO A OUTRA, ATÉ QUE, DE REPENTE, NÃO HAVIA COBRA NENHUMA!

QUATI FOI EMBORA E SERELEPE IA VOLTAR PARA CASA. NISSO, PASSOU UM OURIÇO-CACHEIRO.

— AONDE VAI, SERELEPE?

— VOU VOLTAR PARA CASA.

— ESPERE UM POUCO, ME AJUDE AQUI... TENHO QUE LEVAR ESTA CESTA PARA MINHA MULHER, MAS ESTÁ MUITO PESADA E, SOZINHO, EU NÃO AGUENTO.

SERELEPE AJUDOU. A CASA DO OURIÇO-CACHEIRO FICAVA DO OUTRO LADO E HAVIA UM TÚNEL QUE PASSAVA SOB A ÁGUA. SERELEPE ACHOU MUITO DIVERTIDO ATRAVESSAR O TUNELZINHO ESTREITO.

NA CASA DO OURIÇO-CACHEIRO, A MULHER DO AMIGO CONVIDOU-O PARA JANTAR. SERELEPE ACEITOU O CONVITE, MUITO CONTENTE DA VIDA. DEPOIS, COMO JÁ ERA TARDE, FICOU PARA DORMIR.

NO DIA SEGUINTE, ELE ACORDOU BEM CEDO. IA VOLTAR PARA CASA, MAS NO CAMINHO ENCONTROU UM PEQUENO JABUTI QUE CHORAVA SEM PARAR.

— QUE FOI QUE ACONTECEU, JABUTI?

— É QUE FAZ TEMPO UMA ÁRVORE CAIU EM CIMA DE MEU PAI, E ELE NÃO PODE SE LIVRAR DELA. NÃO SEI MAIS O QUE FAZER PARA TIRÁ-LO DE LÁ. SOZINHO NÃO

TENHO FORÇA. COITADO DE MEU PAI! VIM PEDIR AJUDA, MAS NINGUÉM QUER ME AJUDAR...DIZEM QUE A ÁRVORE É MUITO PESADA. AI!AI!AI!

— PESADA COISA NENHUMA! VAMOS LÁ VER. EU AJUDO!

SERELEPE FOI.

ANDARAM E ANDARAM PARA CHEGAR AO LUGAR EM QUE O VELHO JABUTI ESTAVA PRESO SOB A ÁRVORE CAÍDA. ATÉ JÁ CRESCERA MATO NO CASCO DO VELHO.

SERELEPE FEZ UMA FORÇA DANADA, MAS A ÁRVORE NÃO SE MOVEU.

— OLHE, JABUTIZINHO, O JEITO É ROER A ÁRVORE BEM NO LUGAR QUE ESTÁ

EM CIMA DE SEU PAI, PARA ELE SAIR.

— AI!AI! QUEM SERÁ CAPAZ DE FAZER ISSO?

— EU SEI ROER, MAS COMO SOU PEQUENO, ROO DEVAGAR. VAI DEMORAR MUITO TEMPO.

— NÃO FAZ MAL QUE DEMORE. MEU PAI AGUENTA UM TEMPINHO MAIS.

SERELEPE COMEÇOU A ROER A ÁRVORE, PORÉM, À MEDIDA QUE ROIA, A ÁRVORE, APOIADA NO CASCO DO JABUTI, IA BAIXANDO, BAIXANDO, ATÉ SE ENCAIXAR COMPLETAMENTE EM TORNO DELE. O COITADO LAMENTAVA-SE:

— AI, QUE DESTINO O MEU! AGORA É QUE NÃO SAIO MAIS DAQUI...

SERELEPE NÃO DESANIMAVA.

— É PRECISO TER PACIÊNCIA. É ASSIM MESMO, EU VOU ROER ATÉ O FIM. NÃO TENHA RECEIO...

SERELEPE ROÍA E ROÍA. CADA DIA ROIA UM PEDACINHO, ATÉ QUE NUMA TARDE ACABOU DE ROER. FEZ UM BURACO CÔNCAVO E PARTIU A ÁRVORE PELO MEIO. O VELHO JABUTI PÔDE SAIR DE SOB O TRONCO SECO.

PAI E FILHO AGRADECERAM MUITO A SERELEPE.

— OBRIGADO! MUITO OBRIGADO!

— NÃO PRECISA AGRADECER. EU ATÉ QUE TREINEI E AGORA SEI ROER MELHOR DO QUE ANTES.

SERELEPE RESOLVEU VOLTAR PARA CASA. NO CAMINHO ENCONTROU UM TAMANDUÁ.

— AONDE VAI, AMIGO SERELEPE?

— VOU PARA CASA.

— NÃO VÁ, AINDA É CEDO! SE VOCÊ GOSTA DE MEL, VENHA COMIGO. ENCONTREI UMA COLMEIA REPLETA, ESCORRE MEL PELO TRONCO DA ÁRVORE, SÓ QUE ESTÁ FORA DE MEU ALCANCE. VOCÊ SOBE NA ÁRVORE, ATIRA A COLMEIA PARA BAIXO E, DEPOIS, NÓS DIVIDIMOS O MEL.

SERELEPE FOI.

SUBIU NA ÁRVORE E ARRANCOU A COLMEIA. NO MESMO INSTANTE EM QUE A ATIRAVA PARA BAIXO, AS ABELHAS SAÍRAM COMO DOIDAS E ATACARAM SERELEPE POR TODOS OS LADOS. ELE MAL TEVE TEMPO DE FUGIR EM DISPARADA. O TAMANDUÁ REGALOU-SE SOZINHO COM O MEL E RIU A VALER DA PEÇA QUE PREGARA AO AMIGO.

SERELEPE CORREU TANTO QUE FOI PARAR MUITO LONGE. NISSO, ENCONTROU UM BANDO DE MACAQUINHOS.

— AONDE VAI COM TANTA PRESSA, SERELEPE?

— VOU VOLTAR PARA CASA.

— NÃO! ESPERE UM POUCO. NÓS VAMOS VER A PALMEIRA AZUL

QUE ESTÁ AO LADO DA CACHOEIRA. VENHA CONOSCO.

— QUAL! AGORA EU VOLTO PARA CASA...

— NÃO VÁ, SERELEPE. É UMA DAS CINCO PALMEIRAS AZUIS QUE SUSTENTAM A TERRA. A GENTE VAI ATÉ O CÉU, DEPOIS VOLTA. É BONITO!

— SERÁ QUE DEMORA MUITO?

— NÃO DEMORA, NÃO! DAQUI ATÉ LÁ É UM PULO!

SERELEPE DECIDIU-SE:

— ENTÃO EU VOU!

REUNIU-SE AO BANDO DE MACACOS E LÁ SE FORAM TODOS, RINDO E SALTANDO, À PROCURA DA PALMEIRA AZUL.

ANDARAM... ANDARAM... ANDARAM...

PASSARA-SE MUITO TEMPO DESDE QUE SERELEPE SAÍRA DE CASA E FORA DE UM LADO PARA OUTRO. NÃO PERCEBERA QUE TINHA CRESCIDO E SE TORNADO ADULTO. QUERIA RIR E BRINCAR COMO ANTES, MAS NÃO ACHAVA MAIS GRAÇA NAS BRINCADEIRAS E ÀS VEZES SE CANSAVA.

CERTO DIA ENCONTRARAM A PALMEIRA AZUL QUE SUSTENTAVA UM DOS LADOS DA TERRA. O BANDO DE MACACOS SUBIU CORRENDO PELO TRONCO ACIMA, MAS SERELEPE, DE REPENTE, SENTIU SAUDADES E RESOLVEU VOLTAR PARA CASA.

ELE NÃO SABIA MAIS DE QUE LADO MORAVA. FOI PERGUNTANDO A TODOS PELO CAMINHO. NINGUÉM SABIA.

ANDOU... ANDOU... ANDOU...

EMBAIXO DE UMA ÁRVORE, SERELEPE ENCONTROU UM JABUTI COMENDO UMA FRUTA.

— BOA TARDE, JABUTI! VOCÊ SABE ONDE FICA A MINHA CASA?

JABUTI OLHOU BEM PARA SERELEPE.

— VOCÊ NÃO É AQUELE SERELEPE QUE AJUDOU, HÁ MUITO TEMPO, MEU PAI A SAIR DE SOB UMA ÁRVORE CAÍDA?

— SOU EU MESMO. SÓ QUE NÃO FAZ TANTO TEMPO ASSIM E NÃO PODE SER SEU PAI. O FILHO DO JABUTI QUE EU AJUDEI A SE LIVRAR DA ÁRVORE ERA MUITO PEQUENO E VOCÊ É GRANDE.

— SOU EU MESMO. FAZ MUITO TEMPO QUE VOCÊ PASSOU POR AQUI.

SERELEPE FICOU TÃO ADMIRADO QUE NEM PÔDE FALAR. SAIU CORRENDO PARA CHEGAR LOGO EM CASA, MAS, DE REPENTE, CANSOU E SENTOU-SE PARA DESCANSAR.

NISSO, VIU PASSAR UM TAMANDUÁ VELHO, ARRASTANDO AS PERNAS. O TAMANDUÁ PAROU, OLHOU BEM PARA ELE E SENTOU A SEU LADO.

— PARECE QUE EU O CONHEÇO... VOCÊ NÃO É SERELEPE?

— SIM, SOU EU MESMO...

— POIS EU SOU O TAMANDUÁ, LEMBRA DE MIM? AQUELE CASO... O CASO DA COLMEIA, LEMBRA, SERELEPE? FAZ TEMPO! NÓS ÉRAMOS PEQUENOS E HOJE...

— NÃO PODE SER! NÃO FAZ TANTO TEMPO ASSIM!

SERELEPE NÃO QUIS OUVIR MAIS NADA. SAIU CORRENDO, DE VOLTA PARA CASA.

PAROU UNS METROS ADIANTE, QUASE SEM FÔLEGO. NESSE MOMENTO, PASSAVA UM OURIÇO-CACHEIRO.

— COMO VAI, AMIGO OURIÇO? NOUTRO DIA AJUDEI-O A LEVAR UMA CESTA PARA CASA, LEMBRA?

O OURIÇO-CACHEIRO PAROU E EXAMINOU-O DOS PÉS À CABEÇA:

— AH! SERELEPE! OUVI MEU PAI CONTAR ESSA HISTÓRIA, MAS ELE JÁ MORREU.

— MORREU? COMO FOI?

O OURIÇO-CACHEIRO ENXUGOU UMA LAGRIMAZINHA E CONTOU:

— MEU PAI BRIGOU COM UMA JAGUATIRICA E, COM A RAIVA QUE DEU NELE, LARGOU TODOS OS ESPINHOS DE UMA VEZ SÓ... E... MORREU!

SERELEPE FICOU PENSATIVO POR UM MOMENTO,

MAS LOGO SE LEMBROU DE QUE ESTAVA VOLTANDO PARA CASA.

— OURIÇO, VOCÊ SABE ONDE FICA A MINHA CASA?

O OURIÇO-CACHEIRO TINHA A IMPRESSÃO DE QUE FICAVA DO LADO OPOSTO. SERELEPE ENCAMINHOU-SE NAQUELA DIREÇÃO. ANDAVA CADA VEZ MAIS DEVAGAR. FINALMENTE CHEGOU AO LUGAR INDICADO.

HAVIA UMA PORÇÃO DE BICHINHOS BRINCANDO NA ENTRADA. PERGUNTOU A UM DELES, O MAIORZINHO:

— SERELEPE MORA AQUI?

— AH! JÁ SEI! — RESPONDEU O MAIS ESPERTO.— SERELEPE, QUE FOI BUSCAR FRUTINHAS SECAS E NUNCA MAIS VOLTOU? ESPERE AÍ...

TODOS CORRERAM AO PÉ DA ÁRVORE E GRITARAM:

— PAI! PAI! TEM UM VELHO AQUI QUE QUER FALAR COM VOCÊ...

SERELEPE REPETIU A PERGUNTA AO QUE VEIO ATENDER. O OUTRO, AO VÊ-LO, EXCLAMOU:

— VOCÊ É MEU IRMÃO MAIS VELHO, SERELEPE! ENTRE, A CASA É SUA!

SERELEPE OLHAVA MUITO DESCONFIADO:

— IRMÃO? EU NÃO TINHA NENHUM IRMÃO!

O OUTRO, QUE ERA IGUALZINHO A ELE, EXPLICOU:

— SOMOS DEZ IRMÃOS. SÓ EU QUE FIQUEI MORANDO AQUI. OS OUTROS MORAM AÍ PERTO. VOCÊ ERA O MAIS VELHO. SAIU DE CASA PARA BUSCAR FRUTINHAS SECAS E NUNCA MAIS VOLTOU. TODOS PENSAVAM QUE VOCÊ TIVESSE MORRIDO.

— NÃO MORRI. ESTOU DE VOLTA.

SERELEPE SENTOU-SE NUMA RAIZ E SE PÔS A PENSAR. "SERÁ QUE EU ESTOU MESMO DE VOLTA? TUDO ESTÁ MUDADO. NADA É COMO ANTES..."

GRITOU PARA DENTRO DA CASA:

— IRMÃO, VOU ALI PERTO BUSCAR FRUTINHAS SECAS PARA O JANTAR.

OUVIU O IRMÃO RECOMENDAR:

— VOLTE LOGO, SERELEPE. DAQUI A POUCO SERÁ NOITE...

SERELEPE FOI ANDANDO. COLHEU AS FRUTINHAS SECAS, MAS, AO VER ADIANTE UM PÉ MAIS CARREGADO, FOI ATÉ ALI. VOLTAVA PARA CASA, QUANDO NO CAMINHO ENCONTROU UM QUATI, QUE LHE PERGUNTOU:

— VOCÊ JÁ VIU DUAS COBRAS, UMA ENGOLINDO A OUTRA?

— JÁ VI, É ENGRAÇADO!

SERELEPE JÁ TINHA VISTO, MAS COMO ERA PERTINHO, ELE FOI VER OUTRA VEZ. ERA MESMO MUITO ENGRAÇADO. FICARAM VENDO UMA COBRA ENGOLINDO OUTRA, QUE ERA UM NUNCA SE ACABAR, ATÉ QUE, DE REPENTE, NÃO HAVIA MAIS COBRA NENHUMA.

— PRONTO! UMA COBRA JÁ ENGOLIU A OUTRA. VAMOS EMBORA!

O QUATI DESPEDIU-SE. SERELEPE IA VOLTAR PARA CASA, MAS, NISSO, PASSAVA, DEVAGAR, UM GRANDE LAGARTO VERDE LISTADO DE AZUL, QUE PAROU PARA UMA PROSINHA.

— AONDE VAI, SERELEPE?

— VOU VOLTAR PARA CASA.

— NÃO! ESPERE UM POUCO... ALI ADIANTE...

SERELEPE LEVANTOU A CABEÇA CHEIO DE CURIOSIDADE.

— ONDE?